Yann M

C000089818

L'ANTHOLOGIE VRAIE

des

MAXIMES APPROX-
IMAGINATIVES

(Florilège J, maximes #901 à #1000)

Avant-Propos

Cet ouvrage recense et encense les bons mots, les maximes minimalistes et autres aphorismes et périls, tous à peu près authentiques et véridiquement originaux, de Providence, simple d'esprit ayant, selon la légende, connu ses heures de gloire à la Belle Epoque en faisant une carrière courte mais remarquable de somnambule-magnétique*.

Osant souvent l'humour noir qui fait pourtant rire jaune, ne dédaignant pas l'humour tiré par les cheveux, au risque de friser le ridicule, hésitant parfois, avec l'humour coquin, entre l'art et le cochon, Providence répugne néanmoins à un humour qui battrait de l'aile pour voler au ras des pâquerettes.

Car, l'humour étant un sujet des plus sérieux, Providence officie dans le second degré de qualité française, le seul humour garanti 100% abstrait d'esprit.
« *Les jeux de mots, c'est ma thématique !* » disait-il souvent, en ajoutant parfois « *A force de faire trop de jeux de mots de tête, j'en ai la migraine.* »

3

Alors, si vous aussi vous aimez jongler avec les bons mots, amusez-vous bien !

Et le premier de nous deux qui rira, rira bien qui rira le dernier !

PS1 : collectionnez tous les volumes des « florilèges de Maximes approx-imaginatives », il y en a plein !

PS2 : n'hésitez pas à rejoindre Les Maximes approx-imaginatives sur Facebook, pour réagir, commenter, et partager, dans la joie et l'allégresse.
www.facebook.com/Providence1900

* In Les aventures abracada-branquignolesques (et approx-imaginatives) de Providence, somnambule-magnétique à la Belle-Epoque.

#901 - La plupart de ceux qui nous cirent les pompes ne nous arrivent pas à la cheville.

#902 - Devant une tuerie, tu pleures.

#903 - Un poète mort et enterré, fait-il encore des vers ?

#904 – Même si c'est peu convenable, il est sans doute préférable de coucher pour tester son amant avant de le coucher sur son testament.

#905 – Pour décider d'une thérapie, les malades ont-ils leurs maux à dire ?

#906 - Quand on est enfermé dans un cercle vicieux, pour que la roue tourne, il faut une révolution.

#907 – A notre époque,
l'art nouveau
fait un peu daté.

#908 - Qui commence par piquer une somme, fini par piquer un somme ; en prison.

#909 - Prix du vin : attention ! Certains châteaux pètent plus haut que leur cru !

#910 - Si ça se trouve,
rien ne se perd
tout s'égare ?

#911 - En amours, il faut se faire une raison : c'est entre adultes qu'on s'entend.

#912 - Blanchir de l'argent, c'est prendre de l'argent sale pour financer des fonds propres.

#913 - Sachant que le vice conduit souvent sous les écrous, et que les autorités aiment resserrer les boulons, il faut être marteau pour enfoncer le clou.

#914 - Plus les syndicats défilent,
plus le gouvernement se défile.

#915 - Les paroles
s'envolent,
les cris restent !

#916 - Au Vatican, les Archevêques qui se font des messes basses en conciliabules, c'est pour papauter ?

#917 - Quand on demande à une personne de prendre la porte, cela la fait souvent sortir de ses gonds.

#918 - En cherchant bien, il parait qu'on trouve des extrémistes dans tous les milieux.

#919 - Laisser parler les cons, c'est juste accepter d'autres sons de cloches.

#920 - Soyons précis : ce
ne sont jamais les
chercheurs d'or
qui deviennent riches,
seulement
les trouveurs d'or.

#921 - Dans les familles nombreuses, le panier de linge sale c'est un puit sans fond, d'une profondeur abyssale.

#922 - Faut pas croire, tous les cheminots n'ont pas forcément un bon train de vie.

#923 - Si pendant sa séance d'astrologie Madame Soleil vous promet la lune, c'est probable qu'un désastre vous attend.

#924 - Faite une carrière dans l'équitation, cela revient à faire beaucoup d'équitation dans une carrière.

#925 - Pour nager dans le bonheur, il vaut mieux brasser de l'argent (liquide) que couler des bronzes.

#926 - On peut avoir tous ses chromosomes et être sans-gêne.

#927 - Le puceau est profane, jusqu'au jour où il devient pro-femme.

#928 - Quand on débute en solfège, toutes les partitions ne sont pas à notre portée.

#929 - Vélo : à force de
pédaler sec,
on arrive en eaux !

#930 - Paradoxalement, les femmes qui ne portent pas de culottes sont les plus culottées.

#931 - Au foot, il n'est pas nécessaire d'être polytechnicien pour mettre un but d'une tête bien faite.

#932 - L'éléphant est sans doute la seule espèce chez qui la femelle aime que son mari la trompe.

#933 - Quand on aspire à
la grandeur,
il ne faut pas faire dans la
demi-mesure !

#934 - L'argent est le mercenaire de la guerre.

#935 - Le pic des difficultés d'un Tour de France, c'est les épreuves de montagnes; le cycliste qui arrive le premier en haut est au sommet de son art.

#936 - La TV ne fait que générer des dégénérés.

#937 - Jeune couple, on fait souvent l'amour ; puis, quand on a des enfants, on ne le fait plus qu'une fois parents.

#938 – « Ah les politiques à la télé avec leur langue de bois ! qui se disent hêtres de gauche (comme Sapin) mais nous parlent de bouleau alors qu'ils n'ont jamais buché ! qui draguent les français de souche et l'écorce en disant que la France peuplier sous l'invasion des marronniers... ah ces saules pleureurs ! Ils nous font tellement scier qu'on n'a qu'une envie, c'est de changer de chêne pour les faire stère ! »

#939 – Les migrants ne sont pas des demi hommes.

#940 – Pour les gars de la ville, la campagne c'est dépaysant.

#941 – Le temps c'est de l'argent, et c'est pour ça que la Suisse aime et les banques et les montres.

#942 - Faire de la broderie quand on déteste ça peut être un véritable chemin de points de croix.

#943 - Pour
l'opportuniste, abondance
de bras longs
ne nuit pas pour graisser
les pattes blanches
des coudées franches.

#944 - Dans la plupart des couples, la femme mène son homme à la braguette.

#945 - Les bonnes gens sont étranglées par l'endettement quand les banquiers serrent les taux.

#946 - Quand on prépare une nécrologie sur quelqu'un, c'est qu'il est à l'article de la mort ?

#947 - Dans le doute, il faut souvent mieux attendre d'y voir plus clair avant de foncer.

#948 - Un fouteur de merde, c'est celui qui met son grain de selles ?

#949 - De deux choses
l'une : ou c'est ta femme
qui a raison,
ou c'est toi qui a tort.

#950 – Les femmes sont-elles plus fidèles que les hommes ? A part amants, oui !

#951 - Dis-moi
qui tu hais,
je te dirais qui tuer.

#952 - Il est des secrets qu'il vaut mieux, adulte, taire.

#953 - Avoir une femme
dans la peau,
c'est avoir une femme
dans chaque pore ?

#954 – L'enseignement n'est pas assez valorisé en France : les instituteurs en ont marre de se faire maîtres.

#955 - Il était une fois l'homme, et depuis l'âge de pierre, on n'arrête pas le pro-grès.

#956 - Certains souhaitent-ils encore que la guillotine reprenne du sévice ?

#957 - Il y a deux types de femmes : celles qui sont toujours en retard, et celles qui ne sont jamais à l'heure.

#958 - Donner un coup de main est-il plus généreux que de prêter main forte ?

#959 - Il est plus long d'écrire un petit mot que d'en dire un gros.

#960 - Paradoxalement, ce qui caractérise une tête brulée c'est d'être complètement givré.

#961 - Dans certaines professions, l'effet salaire augmente les revenus.

#962 - Le virus de la lecture est une maladie textuellement transmissible.

#963 - Qui s'amuse d'un rien, s'amuse de tout.

#964 – « Si ton mari ne pense qu'au cul, attention qu'il ne te fasse cocue. »

#965 - Sensé est censé
s'écrire sans C,
mais pas censé.

#966 – En général, un particulier n'est pas général.
Et les particuliers qui sont généraux, sont souvent particuliers (même s'il ne faut pas généraliser).

#967 - On n'attrape pas les moches avec du vit maigre.

#968 – Pour un couple qui bat de l'aile, il ne suffit pas de convoler pour atteindre le 7ème ciel.

#969 - Ecrire un petit mot avec un kilo de gros mots en idéogrammes, cela détonne, même si on pèse ses mots.

#970 - Quand on pique un cent mètres, quel risque court-on ?

#971 – Prendre son quart de veille vaut mieux que rendre son demi de la veille.

#972 – L'autodérision a ceci d'avantageux sur la moquerie, qu'on y risque moins de se faire casser la gueule.

#973 - Les voyages forment la jeunesse, mais déforment les valises.

#974 - La souffrance, difficile d'avoir les maux pour la dire.

#975 – Un mariage, parfois, ça traine en longueur.

#976 – Cohue à la fin du
match de boxe :
boxon sur le ring !

#977 - En politique, les partis, on en est revenu.

#978 – Quand l'homme passe une bague au doigt de sa femme, il est d'usage qu'en échange, elle lui mette une corde au cou.

#979 - Quand on écrit
« fête des morts »,
on a intérêt à ne pas
massacrer la langue
française en
« faites des morts ! »

#980 – Cuisiner un cochon de lait, c'est l'enfance de lard ?

#981 – Dans un combat, il
y a toujours
un con battant
et un con battu.

#982 – Les guerres de
naguères nous enseignent
ceci : on peut avoir
gagné la guerre
mais perdu la paix.

#983 – Ceux qui, aux quatre coins du globe, cherchent des preuves que la terre est plate ; ne tournent vraiment pas rond.

#984 - Monter sur ses grands chevaux, c'est faire montre d'une attitude cavalière.

#985 – Bien idiot l'homme
qui, se croyant une
lumière,
s'éloigne d'une femme
brillante
de peur qu'elle ne lui fasse
de l'ombre.

#986 - Quand passer à la pompe à essence coûte trop cher, c'est qu'il est temps de passer à la pompe à vélo !

#987 – Faire des blagues raffinées, c'est avoir l'essence de l'humour ?

#988 – La France, hier
nation d'élites,
aujourd'hui se délite ?

#989 - En somme, plus on est fatigué, plus on est long à la détente.

#990 – Dans une manifestation, « vive l'Anarchie ! » peut-il être un mot d'ordre ?

#991 - Les gilets jaunes ont le droit de manifester, les blouses blanches aussi, les bleus de travail s'ils le veulent, et pourquoi pas les cols blancs. Mais ne tolérons jamais les chemises brunes.

#992 - Ceux qui se baladent la nuit à Pigalle savent apprécier son petit supplément dames.

#993 – Malgré la dureté
de leur labeur, les paysans
ne sont pas de nature
à se plaindre
à tout bout de champs.

#994 - Une pêche par jour aide à garder la ligne.

#995 - Il n'est pas toujours
facile de deviner si une
belle pomme est une
bonne poire, alors qu'il est
immédiat de distinguer
une belle fille
d'une bonne femme.

#996 - Pour Noël, soyez généreux : au lieu de faire plein de cadeau, faites cadeau d'un plein.

#997 - Quand le prix de l'essence flambe, la situation devient explosive.

#998 - Quand le prix de l'essence augmente, on parle de moteur à explosion (sociale).

#999 - Le réchauffement climatique semble refroidir le climat social ; mais faut-il pour autant mettre un terme au maître ?

#1000 - Un marin, plus il sera atterré par sa belle-mère, plus il sera attiré par la belle mer.

L'ANTHOLOGIE VRAIE des MAXIMES APPROX-IMAGINATIVES

Déjà Paru

(Florilège A, maximes #1 à #100)

(Florilège B, maximes #101 à #200)

(Florilège C, maximes #201 à #300)

(Florilège D, maximes #301 à #400)

(Florilège E, maximes #401 à #500)

(Florilège F, maximes #501 à #600)

(Florilège G, maximes #601 à #700)

(Florilège H, maximes #701 à #800)

(Florilège I, maximes #801 à #900)

(Florilège J, maximes #901 à #1000)

A SUIVRE !

DU MÊME AUTEUR.

<u>Collection « Les Approx-Imaginations »</u>

L'Anthologie vraie des Maximes Approx-Imaginatives

Les Aventures Abracada-Branquignolesques (et Approx-Imaginatives) de Providence, somnambule-magnétique à la Belle-Epoque.

Leçons de Choses et d'autres (précis Approx-Imaginatif de Qu'est-ce que j'en sais-je donc ?)

« ... et il versa du thé à l'amante » (histoires d'amour Approx-Imaginatives à ne pas prendre au pied de la lettre)

<u>Collection « Les Chroniques t'Amères »</u>

Les Chroniques t'Amères (de l'humour vache un peu cochon)

La dernière gorgée de bière, et autres contrariétés majuscules (ou les chroniques t'amères d'un bourgeois pas vraiment gentil homme)

Théatre

Le Grand Soir de l'an 2000

Thriller

La Greffe

Printed in Great Britain
by Amazon